14776

ÉPITRE AU ROI,

PAR

M. BAOUR-LORMIAN,

DE L'ACADÉMIE FRANÇAISE.

A PARIS,

CHEZ L. G. MICHAUD, IMPRIMEUR DU ROI,

RUE DES BONS-ENFANTS, Nº. 34.

M. DCCC. XVI.

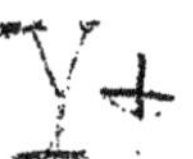

ÉPITRE AU ROI.

Tandis que pour fêter le plus juste des Rois,
Qui t'a légué son nom, ses vertus et ses droits,
Mille chants d'espérance à l'envi se confondent,
Que du Nord au Midi tous les cœurs se répondent;
Tandis qu'aux pieds d'un trône où siége la bonté,
La France entière brûle un encens mérité,
Prince auguste, un suivant du dieu de l'harmonie,
Riche en zèle du moins, s'il est pauvre en génie,
Ne peut-il au milieu de ces tributs divers,
T'adresser à son tour son hommage et ses vers ?
Eh qui ne prendrait part à ce jour d'allégresse ?
Toutefois ces élans de la publique ivresse,
Ces grands arcs triomphaux de ton chiffre embellis,
Ces guerriers citoyens, qui, de touffes de lis,
Ombragent devant toi leurs armes pacifiques,
Les parfums remplissant nos vieilles basiliques,
Ces palmes, ces festons, cette brillante nuit,
Où de cent feux rivaux l'éclat serpente et luit,

Et tout cet appareil dont la pompe s'étale ,
Plaisent moins à tes yeux qu'à ton ame royale.
Tes yeux de ces honneurs ne sont plus étonnés :
Depuis que les Français , sous tes lois ramenés ,
Possèdent dans LOUIS leur plus douce conquête ,
Chaque jour qui s'écoule est le jour de ta fête.
J'en atteste ce peuple, affamé de te voir ;
Ce peuple, dont l'amour est ton premier pouvoir ;
Sans cesse par ses vœux il appelle son maître.
Sitôt que devant lui tu consens à paraître ,
Il court, se précipite.... un seul, un même cri ,
Part , salue à l'instant l'héritier de Henri.
Ton auguste famille à tes côtés s'avance.
Ces Princes chevaliers , ces nobles fils de France ,
Si long-temps par l'orage éloignés de nos bords ,
Les voilà.... Leur sourire accueille nos transports.
Quel spectacle touchant ! Quel concert unanime !
A ton royal aspect le vieillard se ranime ;
Et, par sa mère instruit , le faible nourrisson ,
Bégaye , en te nommant , sa première leçon.
Mais les femmes !..Comment puis-je en vers dignes d'elles
Retracer le tableau de leurs transports fidelles.

Sexe aimable , jamais pourrons-nous oublier
Qu'à la cause des Rois, jaloux de t'allier ,
Ces jours , où mugissait le bronze des batailles ,
Nous te vîmes en foule au sein de nos murailles ,
D'un regard , d'un seul mot , encourager l'Ardeur ,
Rassurer la Faiblesse , échauffer la Tiédeur ,
Et des lis abattus relevant la bannière ,
Leur prêter de tes vœux le charme auxiliaire.
Sous les murs du palais à son maître rendu ,
Je crois te voir d'amour et d'ivresse éperdu ,
Sans atours , sans apprêts , et même sans cadence ,
Improviser les pas d'une joyeuse danse.
A ton folâtre appel , tout s'unit , tout répond :
Que de mains au hasard s'entrelacent en rond !
Voyez-vous ces enfants , ces vierges , ces épouses ,
Fouler les arbrisseaux , insulter les pelouses ,
Mettre en deuil le parterre , et pour six mois entiers
Préparer des labeurs aux pâles jardiniers !
Sans doute à ces tableaux, pour toi remplis de charmes,
Grand Prince, de tes yeux s'échappaient quelques larmes;
Et tu faisais tout bas , dans ton cœur attendri ,
Le serment du bonheur de ton peuple chéri.

Son bonheur, en effet, entre tes mains repose;
Et quand à l'affermir ta vertu se dispose,
Laissons en liberté quelques esprits chagrins,
Don Quichottes nouveaux, combattre des moulins,
Se créer jour et nuit de bizarres fantômes,
Étendre ou resserrer la liste des royaumes,
Et de l'Europe amie ensanglanter la paix.
L'un, grave et s'égarant sous le feuillage épais
De ces vastes jardins dessinés par Le Nôtre,
Vient de son plan guerrier, infatigable apôtre,
Rêver tout à son aise à ce grand mouvement
Dont il marque le but et fixe le moment.
Au seul bruit de sa voix s'avancent trente armées
A l'aide d'un bambou sur le sable formées.
Son ordre fait mouvoir les nombreux bataillons;
Le vent se lève.... adieu guerriers et pavillons.
Tandis que le projet, enfant de son délire,
S'évapore et s'enfuit sur l'aile du Zéphire,
L'autre glace la lune, encroûte le soleil,
Et détache une part de son disque vermeil
Qui doit à point-nommé brûler notre planète.
Toutefois, en dépit de la docte lunette,

Le monde, qu'embrasait un calcul ennemi,
Reste encor sur son axe assez bien affermi.
D'autres, non moins plaisants, quoique plus méthodiques,
Confiant au papier des secrets politiques,
En Licurgues nouveaux, en Solons transformés,
Offrent pour trente sous leurs rêves imprimés.
L'un déroule in-quarto son projet de finance ;
L'autre vient suppléer au sens d'une ordonnance ;
« Prenez, dit celui-ci, je réponds du succès,
» Si mon livre au château peut s'ouvrir un accès.
» Sur les moindres abus j'éclaire le monarque. »
Celui-là de nos mœurs s'établit l'Aristarque :
« Pour les régénérer il est un sûr moyen,
» Nous dit-il, c'est celui de n'apprendre plus rien.
» Nous n'avons pas besoin de penseurs philosophes ;
» C'est aux seuls *libéraux* qu'on doit nos catastrophes.
» Voulons-nous être heureux, régler nos différents ;
» Sauver enfin l'État ? soyons tous ignorants.
» Ma méthode est facile, et l'on peut y souscrire :
» Notre bon Duguesclin ne savait pas écrire. »
Mais quoi, de ces derniers qu'importent les travers ?
On ne retourne pas des esprits à l'envers.

La Raison même en vain leur tiendrait ce langage :

« D'autres temps, d'autres lois. Voyez, voyez le sage

» Dont un torrent fougueux qui roule à gros bouillons

» Vient couvrir le domaine et noyer les sillons.

» De peines et d'efforts stérilement prodigue,

» Pensez-vous qu'au torrent il oppose une digue,

» Ou veuille le contraindre à rebrousser son cours ?

» Non ; d'un travail utile empruntant le secours,

» Il creuse vingt canaux : par une route aisée

» L'onde se distribue avec art divisée,

» Se partage en filets, se promène en ruisseaux,

» Fertilise les champs, baigne les arbrisseaux,

» Et le sage a bientôt changé par sa prudence

» Les flots dévastateurs en source d'abondance :

» Il aurait pu tout perdre, il a tout conservé. »

Mais bon Dieu, quel tumulte à ces mots élevé,

De nos réformateurs m'annonce la furie ?

Les cheveux hérissés, leur foule se récrie,

Et veut, sans nul égard pour la comparaison,

A l'hôpital des fous envoyer la Raison.

Eh bien, pour apaiser cette fureur extrême,

Il suffit d'un seul mot : ce sage, c'est toi-même.

Oui, grand PRINCE , et je crois que sans trop se flatter
A ta haute prudence on peut s'en rapporter.
.Une horrible tourmente a grondé sur nos têtes ;
Mais le calme toujours doit suivre les tempêtes :
Tel est l'ordre éternel par Dieu même établi.
Naguères le soleil , languissant, affaibli ,
Laissait les vents rivaux sur nos fertiles plages,
A longs flots pluvieux épancher les orages.
L'été renaît enfin et dore les moissons ;
La vigne nous promet le nectar de ses dons;
Les paisibles hameaux ont fait trève à leurs plaintes ;
Et le bon villageois , affranchi de ses craintes ,
Va remplir ses tonneaux d'un vin de franc aloi,
Et boire largement à la santé du Roi.
C'est ce Roi qu'on chérit , c'est en lui qu'on espère ;
Un peuple entier se lie à son règne prospère:
Eh ! ne le voit-on pas , ferme dans ses desseins ,
Assidu protecteur de nos droits les plus saints ,
De ses nobles loisirs faire le sacrifice ,
Du Pacte social soutenir l'édifice,
Et , sans cesse veillant sur ce dépôt sacré,
Nous préparer enfin le repos désiré

I..

Qui doit nous délasser d'une pénible route.

Français, à ce propos il m'est permis, sans doute,

De vous conter un fait, qu'un docteur de la loi,

Le savant *Ali Bey* garantit sur sa foi.

Lorsque la Caravane en files prolongée,

Du village de *Tor* vers *Suez* dirigée,

Traverse le désert où luit un ciel ardent,

Quelque fâcheux débat, quelque triste incident,

Arrête à chaque pas et trouble le voyage :

La faim, la soif, l'ennui, le besoin de l'ombrage,

Un horizon semé de brûlantes rougeurs,

Tout allume le sang des pauvres voyageurs.

C'est une frénésie, une aveugle démence,

Qui se calme vingt fois, et vingt fois recommence,

Jusqu'à l'heure où la voix des bruyants chameliers

Signale aux combattants un groupe de palmiers,

En criant : c'est assez, que les débats finissent.

Tout s'apaise à ces mots, toutes les mains s'unissent ;

A l'entour des palmiers on s'embrasse à l'instant,

Et le voyage alors se termine en chantant.

Nous, aussi, voyageurs sur nos propres rivages,

Ne pouvons-nous enfin, plus heureux et plus sages,

De la noire Discorde étouffer les accents?

Moins que la Caravane aurons-nous de bons sens?

A l'ombrage des lois, autour de l'arche sainte

Qui protége la France et garde son enceinte,

Abjurant des erreurs dont nous fûmes punis,

Formons un seul faisceau de nos vœux réunis.

Reprenons la candeur et la franchise antiques;

Mais libres, sans retour, des entraves gothiques,

Mais, brisant les hochets d'un orgueil suranné,

Rallions-nous au Roi que Dieu nous a donné,

Et de tous les bienfaits que son cœur nous dispense,

Un accord fraternel sera la récompense.

Cet accord est le prix que demandent ses soins;

Ses regards attentifs veillent sur nos besoins;

Et tandis que sa main, toujours prudente et sûre,

Va, cherchant de l'État la dernière blessure,

D'un grand corps affaibli ranime la langueur,

Et lui rend par degrés sa force et sa vigueur;

Il ne dédaigne pas, dans sa grandeur suprême,

Ces travaux dont l'éclat pare le diadême.

Grâce aux enfants des arts par sa voix excités,

Paris conservera le sceptre des cités.

Vingt chefs-d'œuvre nouveaux dans nos murs se préparent;

Nos modernes Rubens de la toile s'emparent,

Et leur mâle pinceau va reproduire aux yeux

Des Valois, des Bourbons les règnes glorieux;

Les sages, les héros que vingt peuples admirent,

Une seconde fois sous le ciseau respirent :

Ils renaissent : la Mort a perdu son pouvoir,

Et la Seine bientôt, dans un flottant miroir,

Réfléchira leurs traits pleins de calme ou d'audace.

L'onde jaillit au gré du tube qui l'embrasse,

S'échappe, monte en gerbe, et prend un libre essor;

Nos marchés spacieux s'agrandissent encor.

Calliope déjà médite ses merveilles;

Elle sait qu'un grand Prince encourage ses veilles,

Et que de ces travaux pour ta gloire entrepris,

Ton auguste suffrage est le plus digne prix.

Mais à le mériter quand chacun se dispose,

Je frémis des périls où ce zèle t'expose.

Ne vois-tu pas d'ici tout le Pinde en rumeur?

Dans nos derniers faubourgs il n'est pas un rimeur

Qui déjà ne s'escrime en dépit de Minerve,

Qui, du soir au matin, ne tourmente sa verve,

Dans l'espoir d'arracher à son maigre cerveau,
Ode, cantate, épître ou madrigal nouveau.
C'est encor peu : leur foule incessamment t'assiége,
S'acharne sur tes pas, se mêle à ton cortége.
Tu les verras partout, un distique à la main,
Dans ton propre palais te fermer le chemin ;
Et d'avance certains d'émerveiller la terre,
Au salon de la Paix te déclarer la guerre.
Mais on connaît ton goût, et ce goût épuré
Va te servir contre eux de rempart assuré ;
En faveur du motif excusant ce délire,
Tu recevras leurs vers (sans toutefois les lire);
Car si le sort jaloux t'en faisait une loi,
Combien tu sentirais le malheur d'être Roi !
Mais, que dis-je ? où m'emporte une indiscréte audace ?
Et pour eux et pour moi je te demande grâce ;
Au tribunal public, juge de nos travers,
La seule intention n'acquitte point les vers.
Ah ! si la France encor possédait son poète !
De tous nos sentiments immortel interprète,
Avec quel saint transport, quel ineffable amour,
Delille eût consacré ton fortuné retour !

On l'aurait vu, pour toi, ranimant sa faiblesse,
Des roses du printemps couronner sa vieillesse;
Par un dernier tribut éterniser sa foi,
Et te faire agréer des vœux dignes de toi.
Comme un cygne, expirant sur la rive chérie,
A la fois son berceau, sa tombe et sa patrie,
Retrouve de sa voix les sons mélodieux,
Et dans un chant de mort exhale ses adieux.

ODE

SUR LE MARIAGE

DE MGR. LE DUC DE BERRY.

Assez et trop long-temps les vierges d'Aonie
Ont d'un luth belliqueux fait frémir les accords !
Sur le Pinde français qu'une douce harmonie
De ces filles du Ciel anime les transports !
Sous un astre serein le printemps qui s'éveille
Vient les solliciter au nom de l'univers,
Et lui-même à leurs pieds, de sa fraîche corbeille,
Verse tous les parfums et les présents divers.

Mais quelle fleur choisit leur main reconnaissante ?
C'est le lis des Bourbons, le lis de nos aïeux !
Hélas ! combien de fois sa tête languissante,
Jouet de la tempête, a ployé sous nos yeux !
Maintenant, rafraîchi par l'aube matinale,
Sur le peuple embaumé des jardins d'alentour,

Il domine ; et, debout sur sa tige royale,
Dans sa coupe d'albâtre il boit les pleurs du jour.

Fleur du trône, salut ! En festons, en guirlandes,
Viens parer de l'Hymen l'autel religieux.
L'Hymen, en souriant, accepte nos offrandes ;
Des champs de la Sicile, il conduit en ces lieux
L'aimable et jeune épouse à ses lois asservie :
Sur son front virginal respire la candeur ;
Tout s'empresse autour d'elle, et la France ravie
A de l'hymne d'amour accueilli sa pudeur.

Entendez-vous gronder ces bronzes pacifiques ?
Les cent échos du fleuve ont prolongé leur voix :
Le vieux Louvre frémit en ses vastes portiques,
Et proclame avec eux l'Héritière des rois.
Quels sons l'airain sacré fait monter jusqu'aux nues !
De quels flots populeux les chemins sont couverts !
Du temple de l'Hymen perçant les avenues,
Que de cris sont mêlés à ses divins concerts !

Mais la fête pieuse est déjà commencée :
Les prêtres du Seigneur environnent l'autel ;

Et l'urne des parfums, dans leurs mains balancée,
Exhale un pur encens qui plaît à l'Immortel.
Assis dans le palais de vie et d'allégresse,
Le Roi martyr, tombé sous des coups assassins,
Sent rouler dans ses yeux des larmes de tendresse,
Telles qu'avec bonheur en répandent les saints.

Entre le ciel et nous il n'est plus de barrière :
Avec nous désormais Dieu réconcilié,
Au temple de MARIE exauce la prière
De ce couple fidèle à nos destins lié.
Quel moment! Un Bourbon vient jurer à la France,
A sa grande famille un amour paternel;
Et, sur des aîles d'or, l'Ange de l'espérance
Emporte le serment aux pieds de l'Éternel.

Louis ordonne!.... Eh bien! vassaux de l'hyménée,
Beaux-arts, obéissez au Monarque chéri :
Parez de votre éclat la pompe fortunée;
Attachez votre gloire au trône de Henri.
Brillez, astres, enfants du salpêtre qui tonne;
En disques lumineux rayonnez dans les airs;
Et faites resplendir, dans l'ombre qui s'étonne,

Les noms des deux époux dessinés en éclairs.

Vainement, sous un ciel enflammé par l'orage,
Des foudres et des vents l'épouvantable accord,
Du vaisseau de l'État conspirant le naufrage,
Sur ses mâts fracassés a fait planer la mort :
Le pilote prudent, qui veille à sa conduite,
Le dirige avec calme au sein des flots amers,
Et déjà dans le port il trompe la poursuite
Des astres ennemis et des bruyantes mers.

Heureux port ! à jamais ton enceinte tranquille
Va repousser l'orage et les flots écumants.
L'auguste liberté qui défend cet asyle,
A la voix de Louis posa ses fondements :
Oui, j'en atteste ici l'infaillible promesse
Du Roi législateur qu'ont rappelé nos vœux !
Oui, le phare élevé des mains de la Sagesse
A travers les écueils guidera nos neveux !

Si des maux passagers nous affligent encore,
Après de longs revers, si les destins jaloux,
D'une paix renaissante osent troubler l'aurore,
Point de vaines frayeurs : l'avenir est à nous.

Étouffant pour jamais la discorde inhumaine,
Nous-mêmes commandons à la prospérité !
Sous le Roi bienfaisant que le ciel nous ramène,
Le bonheur est le prix de la fidélité.

Ah ! notre antique France est encor la patrie
Du trône et de l'autel, du courage et des arts !
Elle garde à ses rois la même idolâtrie,
Et dans ses légions il reste des Bayards.
Ils renaissent en foule à ma vue enivrée,
Nos galants paladins, nos joyeux troubadours !
Dieu, le Prince et l'Honneur ! ô devise sacrée !
Sur nos vaillants drapeaux tu brilleras toujours.

Tels qu'aux vallons d'Enna, sur ces mêmes rivages
D'où nous vient la beauté qui fixa notre choix,
Quand les volcans éteints ont cessé leurs ravages,
Revivent plus féconds les vergers et les bois ;
Tels, sur les bords français, d'où la tempête sombre
Et les noirs ouragans s'exilent sans retour,
Nos yeux verront fleurir les rejetons sans nombre
De ces lis immortels, rendus à notre amour.

FIN.